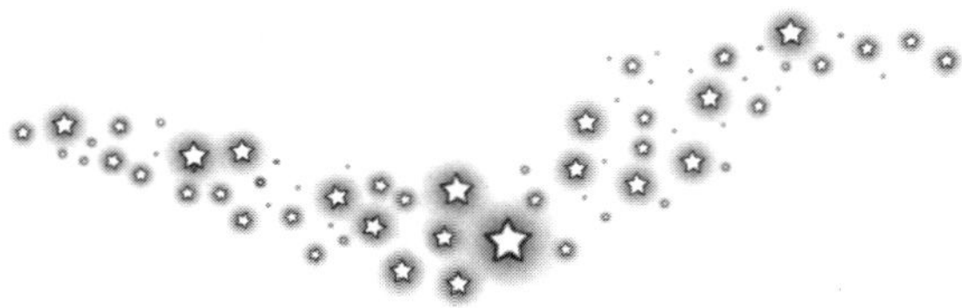

Linda Chapman

Sternenfohlen
Ein zauberhaftes Team

Aus dem Englischen von Ursula Rasch

KOSMOS

Umschlaggestaltung von Carmen Oberzaucher, Wien,
unter Verwendung einer Illustration von Carolin Ina Schröter
Innenillustrationen von Carolin Ina Schröter, Berlin
Aus dem Englischen übersetzt von Ursula Rasch

Besonderer Dank an Lucy Courtenay

Titel der englischen Originalausgabe:
Linda Chapman: Unicorn School – The Flying Team

„Ein zauberhaftes Team" ist der 9. Band der Reihe „Sternenfohlen".
Weitere Titel der Reihe siehe auch S. 112

1. Auflage

ISBN 978-3-440-11595-4

Redaktion: Cordula Setsman
Grundlayout: DOPPELPUNKT, Stuttgart
Produktion: DOPPELPUNKT, Stuttgart
Printed in the Czech Republic / Imprimé en République tchèque

1

„Jetzt ist es nicht mehr weit!“, rief Wolke aufgeregt, als sie mit ihren Freunden durch den Sonnenuntergang flog. „Ich kann die Schule schon sehen!“

Die blutrote Sonne verfärbte die weißen Türme der Einhornschule und die Dächer der Erker funkelten und glitzerten. Wolke war erschöpft. Seit Sonnenaufgang waren sie über die Hügel und Wälder von Arkadia geflogen. Sie kamen gerade von einem Schulausflug zum Traumsee zurück. Die Tage dort waren toll gewesen, aber jetzt war sie froh, dass sie sich endlich der Schule näherten.

Scharen von Drittklässlern überholten Wolke und ihre Freunde. Die ersten Einhörner begannen bereits, auf dem Schulgelände zu landen. Auch Wolke wollte zu einem Endspurt ansetzen, aber sie war zu müde. Sie waren den ganzen Tag unterwegs gewesen und Wolke konnte es gar nicht mehr erwarten, sich in ihren gemütlichen Stall zu den anderen Zweitklässlern zu kuscheln.

„Versucht zusammenzubleiben!“, rief ihnen Atlas, ihr Fluglehrer, zu, als er an ihnen vorbeizog. „Es ist nicht mehr weit. Aber gerade in dieser Phase passieren oft Unfälle, weil alle müde sind und beim Landen Fehler machen. Konzentriert euch bitte! Vorsicht!“

„Ich freu mich so, dass wir wieder in der Schule sind“, meinte Saphira, das hübsche Einhornmädchen mit der langen Mähne, das neben Wolke herflog.

„Ich auch“, gestand Wolke. „Der Ausflug

war toll, aber jetzt bin ich so müde, dass ich tagelang nur schlafen könnte!“

Ein muskulöses, gutaussehendes Einhorn flitzte an Wolke und den anderen vorbei. Dann machte es in der Luft eine perfekte Wende und schaute sie an.

„Wie sieht’s aus? Wer fliegt mit mir um die Wette zum Wolkenstall?“, rief Mondstrahl übermütig. „Na, wer nimmt die Herausforderung an?“

„Ausgeschlossen“, antwortete Saphira sofort.

„Ich auch nicht“, lehnte Sturmwind ab. Sturmwind war für sein Alter sehr groß und hatte deswegen Probleme beim Fliegen.

Doch Stella warf mit blitzenden Augen ihre Mähne zurück. „Da musst du schon schneller fliegen, wenn du mich schlagen willst“, meinte sie herausfordernd.

Mondstrahl war die Überraschung anzu-

sehen, als Stella davonschoss. Er hatte sich noch gar nicht richtig umgedreht, als Stella auch schon an ihm vorbeisauste.

„Stella, Stella!“, feuerte Saphira ihre Freundin an, während Sturmwind nur lachte.

„Mondstrahl ist so ein Angeber“, meinte

Wolke kopfschüttelnd, als Mondstrahl Stella überholte.

Sie konnte gar nicht glauben, dass ihre Freunde immer noch die Kraft für ein Wett-fliegen hatten. Gemächlich flog Wolke neben Saphira und Sturmwind her und beobachte-te, wie Mondstrahl und Stella zwischen den Drittklässlern verschwanden.

„Wer wohl gewinnt?“, fragte Sturmwind und reckte den Hals.

Wolke warf ihre Stirnlocke zurück und kniff die Augen zu einem schmalen Schlitz zusammen. Mondstrahl und Stella waren nur noch kleine weiße Punkte. Es sah aus, als ob Mondstrahl gewinnen würde, aber es war knapp.

Als Wolke und die anderen zehn Minuten später durch die weiße Tür ihres Wolken-stalls trabten, stand Mondstrahl dort bereits in Siegerpose.

„Ich habe gewonnen, ich habe gewonnen!“, triumphierte er. Zufrieden scharrte er mit den Hufen. „War doch klar, dass du mich nicht schlagen würdest, Stella!“

Stella sah ihn wütend an. „Aber es war richtig knapp!“, wandte sie ein. „Also brauchst du gar nicht so angeben.“

Mondstrahl grinste Wolke und die anderen an. „Habt ihr das gehört?“, fragte er. „Von wegen knapp! Ich habe locker gewonnen!“

Sturmwind ging in seine Box und steckte die Nase ins Heunetz. „Also für mich hat das ziemlich knapp ausgesehen“, murmelte er, den Mund voller Heu. „Mmh, schmeckt das lecker!“

Wolkes Beine waren ganz zittrig. Langsam schlich sie in ihre Box und zupfte sich auch ein Büschel Heu heraus. Sturmwind hatte recht. Es war himmlisch.

„Es schmeckt noch besser, wenn man ein Wettfliegen gewonnen hat“, prahlte Mondstrahl.

Stella verdrehte genervt die Augen und wandte sich ebenfalls ihrem Heu zu.

„Wann gibt es eigentlich Abendessen?“, fragte Sturmwind. „Dieses Heu macht höchstens zehn Minuten satt und dann bin ich schon wieder hungrig.“

„Sie warten bestimmt, bis alle sicher zurück in der Schule sind, bevor sie das Signal zum Essen geben“, vermutete Saphira. „Es dauert sicher noch eine halbe Stunde, bis alle Erstklässler da sind.“

Eine halbe Stunde war noch ganz schön lang. Wolke beschloss, ihren Eltern einen Brief zu schreiben und ihnen darin von ihrem Ausflug zu erzählen. Sie würde ihn morgen nach dem Frühstück zur Elfenpost bringen und von dort verschicken lassen.

So holte sie sich ein Blatt Papier aus ihrem Stall und richtete ihr Horn darauf. Noch während sie die Worte dachte, strömten sie in ordentlichen Buchstaben aufs Papier:

Liebe Mama, lieber Papa,
wir haben wundervolle Tage am Traumsee verbracht! Das Leben im Camp hat riesig Spaß gemacht. Und kennt ihr eigentlich die Legende von den singenden Blumen? Stellt euch vor, das stimmt tatsächlich! Wir haben sie nämlich singen gehört!

Wolke hielt inne und überlegte, ob sie ihren Eltern erzählen sollte, dass sie selbst es gewesen war, die mit ihrem Mut die Blumen zum Singen gebracht hatte, als sie eine Erstklässlerin aus dem See gerettet hatte. Aber weil sie nicht angeben wollte, beschrieb sie stattdessen den See.

Mondstrahl dagegen hatte kein Problem damit, zu prahlen. Immer noch posaunte er überall herum, wie er Stella besiegt hatte.

„Na, ich fliege ja auch schon, seit ich sechs Jahre alt bin“, meinte er selbstbewusst. „Du hattest einfach keine Chance gegen mich, Stella.“

„Na so was!“, rief Stella. „Es kann eben nicht jeder Prinz von Arkadia sein und seinen eigenen Fluglehrer haben!“

Mondstrahl reagierte empört. Wolke wusste, dass er nicht gerne daran erinnert wurde, dass seine Eltern König und Königin von Arkadia waren. „Sag bloß, Silberwind und Aurelia, deine ach so reichen und berühmten Eltern, haben keinen Privatlehrer für dich eingestellt!“, schnappte er zurück. Stellas Eltern waren nämlich bekannte Schauspieler.

„Nein, haben sie nicht“, erwiderte Stella

sofort. „Na gut“, fuhr sie nach einer Pause fort. „Jedenfalls nicht, bis ich acht war.“

Saphira steckte ihren Kopf in Wolkes Stall, während Mondstrahl und Stella weiterstritten. „Einer so schlimm wie der andere“, bemerkte sie mit einem Seufzen.

„Da hast du recht“, stimmte ihr Wolke zu, während sie ihren Brief beendete.

„Nur weil ich ein Prinz bin, heißt das nicht, dass ich nicht hart trainiert habe “, verteidigte sich Mondstrahl gereizt.

„Jetzt hört schon auf!“, mischte sich Sturmwind ein.

„Schluss jetzt!“, rief Saphira.

Mondstrahl und Stella sahen sich verlegen an, als sie von ihren Freunden zurechtgewiesen wurden, und hörten auf zu zanken. Dann ertönte endlich das Signal des Muschelhorns und die fünf Einhornfreunde flogen zum Abendessen auf der Mondscheinwiese.

In dieser Nacht schlief Wolke so tief und fest, dass sie sich am nächsten Morgen an keinen einzigen Traum erinnern konnte. Sie räkelte sich wohlig. Ihr Wolkenstall war der gemütlichste Ort in ganz Arkadia.

„Stella und Mondstrahl sind anscheinend immer noch beleidigt“, flüsterte Saphira Wolke zu, als sie zum Frühstück flogen.

„Mach dir keine Sorgen“, wurde sie von Wolke beruhigt. „Nach dem Frühstück ist alles wieder gut. Du wirst schon sehen.“

Elfen eilten geschäftig um die langen Tische, die auf der Wiese standen, und füllten dampfenden Brei und zerkleinerte Äpfel in die Silbereimer. Wolke, der schon der Magen knurrte, tauchte ihre Nase in den Eimer. Nach dem langen Flug des Vortags war sie immer noch ausgehungert.

„Alle mal herhören!“, rief Atlas vom Lehrertisch.

Die Einhörner hörten auf zu kauen und sahen interessiert auf.

„Guten Morgen! Besonders herzlich begrüße ich alle, die gestern vom Ausflug zum Traumsee zurückgekehrt sind. Er war sehr … ereignisreich.“

An einigen Tischen ertönte Gelächter. Es war wirklich eine aufregende Zeit gewesen.

„Ich freue mich, euch mitteilen zu dürfen, dass nächste Woche die Auswahlrunden für die Flugteams stattfinden werden“, fuhr Atlas fort. „Jedes Haus – also das Sonnenhaus, Mondhaus, Sternenhaus und Regenbogenhaus – wird ein Team von fünf Teilnehmern stellen. Im Laufe des Schuljahres wird es dann verschiedene Wettkämpfe geben.“

Wolke und ihre Freunde gehörten zum Regenbogenhaus. Wolke blickte zu Mondstrahl und Stella hinüber. Beiden war die Aufregung anzusehen.

„Ihr könnt euch diese Woche beim Sprechenden Baum anmelden“, beendete Atlas seine Ankündigungen. „Und jetzt lasst euch euer Frühstückt schmecken!“

Sogleich redeten alle Einhornschüler aufgeregt durcheinander.

„Ich bin auf jeden Fall dabei“, verkündete Mondstrahl.

„Ich auch“, meldete sich Stella. „Sonst noch jemand?“

Sturmwind schüttelte den Kopf. „Fliegen ist nicht gerade meine Stärke“, entschuldigte er sich.

„Außerdem muss ich meine dreitägige Strafarbeit ableisten, die ich am Traumsee aufgebrummt bekommen habe. Das würde sich sowieso mit den Auswahlrunden überschneiden.“

Auch Wolke wusste, dass sie für das Flugteam des Regenbogenhauses nicht gut genug war. „Dieses Mal nicht“, meinte sie nur und widmete sich wieder ihrem Frühstück.

„Ich auch nicht“, stellte Saphira klar.

„Also, ich bin dann schon mal im Team“, verkündete Mondstrahl. „Ich bin ja gespannt, wer die vier anderen sind?“

Wolke verschluckte sich beinahe an ihrem Apfel. Mondstrahl konnte unglaublich arrogant sein!

„Sei dir nur nicht zu sicher, dass du es schaffst", zischte Stella und sah Mondstrahl drohend an. „Es war ein Kopf-an-Kopf-Rennen. Weißt du noch?"

„Bitte, fangt nicht wieder damit an!", stöhnte Sturmwind.

Mondstrahl tat unschuldig: „Womit denn? Ich sage doch nur, dass ich besser fliege als Stella."

Stella bäumte sich zornig auf. „Jetzt pass mal auf! Ich trete bei den Auswahlrunden gegen dich an. Und dann wird der Bessere gewinnen!"

2

Nach dem Frühstück trabte Wolke in Richtung Elfenpost, um dort den Brief an ihre Eltern aufzugeben. Die anderen begleiteten sie, wobei sie immer noch darüber stritten, wer die Auswahlrunde gewinnen würde.

„Können wir zuerst zum Sprechenden Baum gehen?“, bettelte Mondstrahl. „Es ist gar kein großer Umweg und ich möchte als Erster auf der Liste stehen, damit sich Atlas auch wirklich an meine Anmeldung erinnert.“

Wolke überlegte. Es war genug Zeit, rechtzeitig zum Unterricht zu kommen, auch wenn sie noch beim Sprechenden Baum Halt machten. Also liefen sie über die Mondscheinwiese auf den Sprechenden Baum mit seinem mächtigen Stamm und seinen silbrig-grünen Blättern zu.

Mondstrahl galoppierte voraus zu einer Liste, auf der „Flug-Auswahlrunden“ stand. Noch hatte sich niemand eingetragen.

„Mondstrahl, Prinz von Arkadia“, sagte er laut und deutlich. Daraufhin berührte er das Papier mit seinem Horn. Goldene Funken stoben davon. Wolke blinzelte geblendet. Nun stand Mondstrahls Name in goldenen Buchstaben an erster Stelle auf der Liste.

Stella trug sich hinter Mondstrahl ein. Als allmählich auch andere Einhörner dazukamen, um sich für die Auswahlrunden anzumelden, lief Wolke zur Elfenpost. Ihre Freunde folgten ihr.

Mondstrahl und Stella stritten schon wieder.

„Ich wette, du kannst nicht so schnell umkehren wie ich!"

„Stell dir vor, ich kann auf einem Kleeblatt wenden, ohne es zu zertreten!"

„Ha, das würde ich wirklich gerne sehen. Du bist auf keinen Fall so schnell wie ich. Letztes Mal hab ich dich nämlich auch geschlagen!"

„Ich –"

Wolke achtete gar nicht auf sie und reichte ihren Brief einem Elf, der ihn abstempelte und auf einen Poststapel legte, der demnächst verschickt werden würde. Als der Elf Mondstrahl bemerkte, suchte er einen Brief heraus und winkte ihm damit zu.

„Post aus dem Palast", meinte der Elf höflich.

Mondstrahl hörte für einen Moment auf, mit Stella zu streiten. Er trabte hinüber und starrte den Brief an, den der Elf für ihn bereit-

gelegt hatte. Wolke und die anderen sahen ihn ebenfalls neugierig an. Es war ein großer, cremefarbener Umschlag. Das königliche Wappen glänzte golden.

„Was steht denn drin?“, fragte Sturmwind.

Mondstrahl berührte den Brief mit seinem Horn. Daraufhin entfaltete sich der Brief auf wundersame Weise. Er begann laut vorzulesen:

Der Königliche Palast
An seine königliche Hoheit, Prinz Mondstrahl
Die Königin, Ihre Mutter, hat mich beauftragt, Ihnen zu übermitteln, dass Sie nächste Woche nicht in die Schule gehen, sondern Ihre Mutter auf einem Staatsbesuch zum Königlichen Observatorium in Nord-Arkadia begleiten werden. Das Observatorium ist nahezu fertiggestellt. Ihre Mutter war der Meinung, dass es für Sie von Interesse sein könnte. Sie werden am Freitag abgeholt.

Herzliche Grüße,
Milan
Privatsekretär seiner Hoheit, der Königin

„Wow!“, staunte Wolke beeindruckt. „Ein Staatsbesuch!“

„Ein Observatorium?“, fragte Saphira nach. „Ist das nicht eine Einrichtung, wo man Sterne und so was ansehen kann? Das ist ja toll!“

Mondstrahl ließ den Brief sinken. „So interessant ist das gar nicht“, meinte er niedergeschlagen. „Außerdem steht da, dass das Observatorium *nahezu* fertig ist. Das bedeutet, es ist immer noch eine Baustelle.“

„Wenigstens siehst du auf diese Weise deine Eltern“, tröstete ihn Sturmwind.

„Das stimmt, darauf freue ich mich auch“, gab Mondstrahl zu. „Aber der ganze offizielle Teil ist furchtbar langweilig. Ich werde mich eine Woche lang vorbildlich benehmen und irgendwelche Baustellen bewundern müssen. Wenn ich dann zurückkomme, muss ich erst mal einen Berg Hausaufgaben nachholen. Aber ich habe nicht wirklich eine Wahl, oder? Ich muss da mit!“

„Ist das schon nächste Woche?“, fragte Wolke.

Nächste Woche waren doch die Auswahlrunden für die Flugteams! Wolke sah Mondstrahl besorgt an. Die Auswahlrunden waren ihm schrecklich wichtig. Er würde gar nicht begeistert sein, wenn er begriff, dass der Staatsbesuch zur gleichen Zeit stattfand.

Und schon dämmerte es ihm. Mondstrahl starrte nochmals auf den Brief. „Die Auswahlrunden!“, rief er entsetzt. „Ich kann nicht mitmachen! Das ist ja so typisch!“

Verärgert ließ er den Schwanz hin- und herzischen, dann galoppierte er aus der Elfenpost. Wolke hatte Mitleid mit ihrem Freund. Mondstrahl liebte es zu fliegen. Und es war ungerecht, dass er nicht mitmachen konnte. Offensichtlich war es gar nicht so erstrebenswert, ein Prinz zu sein.

Sturmwind erfuhr nach dem Mittagessen, dass er in der kommenden Woche drei Tage lang seine Freizeit damit verbringen würde, die abgefallenen Blätter auf dem Schulhof aufzusammeln.

„Das wird bestimmt furchtbar langweilig", seufzte Sturmwind. Zusammen mit Wolke und seinen Freunden lief er zur Flugheide, wo sie eine Flugstunde mit Atlas hatten. „Ich darf nicht einmal einen Zauber benutzen, sondern muss die Blätter mit meinem Horn aufspießen."

Saphira kicherte. Und auch Wolke konnte sich ein Grinsen nicht verkneifen. Wenn man sich vorstellte, dass Sturmwind auf seinem Horn abgefallene Blätter herumtrug – es war einfach zum Lachen.

„Schon gut", brummte Sturmwind und lächelte verlegen. „Ich fühle mich auch so schon schlecht genug. Aber wahrscheinlich habe ich es verdient. Ich hätte am Traumsee beim Landen wirklich nicht die schöne Schwanenstatue umreißen dürfen. Wenn ich besser aufgepasst hätte, dann hätte ich sie nicht vom Sockel gestoßen und zerbrochen. Das war wirklich der schlimmste Moment meines Lebens!"

„Aber du warst auf der Flucht vor zwei fiesen Drittklässlern", erinnerte ihn Wolke. „Kein Wunder, dass du eine Bruchlandung hingelegt hast."

„Trotzdem hätte ich mich eher melden müssen", zeigte sich Sturmwind einsichtig.

Da konnte ihm Wolke nicht widersprechen. Aber ihr Freund schien sich mit seiner Strafe abgefunden zu haben. Trotzdem war es gut, dass er bei den Auswahlrunden sowieso nicht mitmachen wollte. Mondstrahl dagegen konnte es immer noch nicht fassen, dass er nicht dabei sein würde.

Er war nicht einmal zum Mittagessen erschienen. Und auch vormittags im Unterricht hatte ihn Wolke nicht gesehen. Schließlich kam er schlecht gelaunt aus dem Wolkenstall galoppiert, um mit ihnen zur Flugstunde zu laufen.

„Wo hast du denn gesteckt?“, fragte Wolke.

„Nirgendwo“, antwortete er bitter.

„Wettfliegen zur Flugheide?“, forderte ihn Stella heraus.

Aber sogar das schien Mondstrahl nicht aus seiner gedrückten Stimmung reißen zu können. Er nahm die Nachricht, dass er nächste Woche seine Pflichten als Prinz wahrnehmen musste, wirklich sehr schlecht auf.

Langsam flogen sie über den Dornenwald hinauf zur Flugheide. Oft war es hier sehr windig, daher war es ein toller Platz, um zu lernen, wie man bei stürmischem Wetter flog.

„Wir üben heute, wie man mitten in der Luft stehen bleibt“, verkündete Atlas und sah die versammelten Zweitklässler an. „Wie ihr seht, kann der Wind jederzeit drehen. Deswegen müsst ihr euch gut überlegen, wohin ihr beim Anhalten das Gewicht verlagert.“

Die Einhörner verteilten sich über die Flugheide, um genug Platz zu haben. Wolke nahm Anlauf und schoss in die Luft. Sofort wurde sie von einer Windböe zur Seite gedrückt. Sie taumelte und wäre beinahe kopfüber gestürzt, als sie in der Luft abrupt anhielt.

„Nicht schlecht“, ermunterte sie Atlas. „Beim nächsten Mal solltest du dich noch mehr in den Wind hineinlehnen.“

Wolke versuchte, Atlas’ Anregung umzusetzen. Um sie herum hatte sie die anderen im Blick. Sturmwind schien es leichter zu haben als Wolke. Er war so groß, dass ihm

der Wind nicht so viel anhaben konnte. Aber Saphira und Stella hatten beide zu kämpfen und wurden von den Windböen unsanft herumgeworfen.

Beim dritten Mal gelang es Wolke, in der Luft ganz stillzuhalten. Sie sah sich triumphierend nach Atlas um, in der Hoffnung, dass der Lehrer ihren Erfolg bemerkt hatte. Doch plötzlich stand die Welt auf dem Kopf! Mondstrahl hatte sie gerammt! Sie verlor die Kontrolle und kreiselte durch die Luft.

3

Wolke strampelte hilflos mit den Beinen und versuchte, sich wieder aufzurichten. Sie bemühte sich, nicht in Panik zu verfallen. Als sie mit dem Kopf dem Boden schon bedrohlich nahe gekommen war, gelang es ihr endlich, sich umzudrehen.

„Tut mir leid!“, rief ihr Mondstrahl zu. „Alles in Ordnung?“

Wolke nickte. „Ja, aber ich bin total erschrocken!“, antwortete sie wütend und warf ihre Mähne zurück.

Saphira kam zu Wolke. „Warum fliegt Mondstrahl nur so schnell?“, fragte sie besorgt.

Wolke konnte es sich schon denken. Sie starrte zu Mondstrahl hinüber, der einen perfekten Stopp in der Luft hinlegte und Atlas erwartungsvoll ansah.

„Nicht so schnell!“, warnte Atlas. „Du hättest Wolke wehtun können!“

Aber Mondstrahl hörte nicht auf den Lehrer. Stattdessen schoss er kopfüber in perfekten Schleifen über die Heide.

„Ich glaube, er möchte erreichen, dass ihn Atlas ins Flugteam aufnimmt“, meinte Wolke.

Saphira runzelte die Stirne. „Aber dafür gibt es doch die Auswahlrunden, oder?“

Mondstrahl raste mit wehender Mähne an ihnen vorbei. Die starken Windböen schienen ihn nicht zu stören. Er ritt auf ihnen wie ein Surfer auf den Wellen. Wolke beobachtete, wie er den Kopf wandte und Atlas sein schönstes Lächeln schenkte – ehe er in Blümchen, eine andere Zweitklässlerin, krachte.

„Aua!“, heulte Blümchen auf. Sie hob mit schmerzverzerrtem Gesicht einen Fuß an und sank zu Boden.

„Mondstrahl, jetzt reicht es!“, rief der Fluglehrer scharf.

„Tut mir leid, Blümchen“, entschuldigte sich Mondstrahl zerknirscht.

Atlas wandte sich an Mondstrahl, der mit den Hufen scharrte. „Was ist heute nur mit dir los?“, fragte er. „Dein Verhalten ist ausgesprochen gefährlich!“

Mondstrahl ließ den Kopf hängen und gab keine Antwort. Daher sprach Wolke für ihn.

„Ich glaube, er möchte ins Flugteam aufgenommen werden“, erklärte sie. „Er kann doch an den Auswahlrunden nächste Woche nicht teilnehmen.“ Atlas nickte verständnisvoll. „Das tut mir wirklich leid, Mondstrahl“,

erwiderte er. „Aber wenn du dauernd den Unterricht störst, ist das keine besondere Empfehlung für die Aufnahme ins Flugteam.“

„Aber ich kann richtig schnell fliegen“, begann Mondstrahl.

Atlas unterbrach ihn bestimmt: „Das weiß ich. Aber du musst verstehen, dass ich die Teams nur aus den Schülern bilden kann, die bei den Auswahlrunden mitmachen“, erklärte er freundlich. „Das wäre sonst nicht fair.“

„Ist wohl so“, murmelte Mondstrahl zutiefst enttäuscht.

Als die Sonne allmählich unterging, machte Wolke mit ihren Freunden einen Spaziergang am Meer des Schweigens. Mondstrahl war sehr still und kickte launisch Kieselsteine vor sich her. Er war äußerst schlecht gelaunt, seit ihm Atlas mitgeteilt hatte, dass er wirklich nicht ins Flugteam aufgenommen werden konnte, wenn er nicht an den Vorrunden teilnehmen konnte.

„Könntest du nicht vielleicht deinen Eltern schreiben und sie fragen, ob du ausnahmsweise hierbleiben kannst?“, schlug Sturmwind vor. „Ich meine, musst du da wirklich mit?“

„Im Brief steht, dass es für dich ‚interessant‘ sein könnte“, fügte Wolke hinzu. „Nicht ‚wichtig‘ oder ‚entscheidend‘ oder so was.“

Mondstrahl hörte auf, Kieselsteine herumzuschießen und blickte voller Hoffnung auf. „Das ist eine Idee!“

Stella räusperte sich. „Aber deine Eltern bitten dich doch nicht besonders oft, königliche Pflichttermine wahrzunehmen, oder?“, fragte sie. „Ich kann mir vorstellen, wie wichtig es ihnen ist, dass du in der Schule gut bist und nicht zu viel Unterricht versäumst.“ Sie sah einen Moment zu Boden, dann hob sie ihren Kopf wieder. „Und ich glaube nicht, dass sie dich mitnehmen würden, wenn es ihnen nicht wirklich ein Anliegen wäre.“

Mondstrahl ließ den Kopf wieder hängen. „Vermutlich hast du recht“, gab er mit einem Seufzen zu. „Normalerweise wollen sie nicht, dass ich in der Schule fehle. Dann ist es wahrscheinlich echt wichtig."

„Aber wenn du ihnen von den Auswahlrunden erzählst?", machte Wolke noch einen Versuch.

„Mondstrahl muss mitgehen", wurde sie sanft von Stella unterbrochen, während Mondstrahl ärgerlich gegen Kiesel stieß, sodass sie ins Meer des Schweigens prasselten. „Wolke, mach es nicht noch schwerer für ihn."

Wolke wurde still. Wahrscheinlich hatte Stella recht. Ein königlicher Befehl war nun mal ein königlicher Befehl.

Am Freitagmorgen im Geschichtsunterricht sah Wolke auf und bemerkte einen Elfen neben der Tür.

„Entschuldigung, dass ich störe", sagte der Elf zu Gloria, der Geschichtslehrerin, die vor der Klasse stand. „Ihre Königliche Hoheit ist eingetroffen und möchte Mondstrahl sehen." Er blickte Wolke und die anderen an. „Mondstrahls Freunde sind ebenfalls eingeladen", fügte er hinzu.

Die Schüler begannen zu flüstern und sahen neugierig zu Wolke und den anderen hinüber.

„Na gut", meinte Gloria mit einem Seufzen. „Aber ich hätte gerne, dass ihr vor dem Ende des Unterrichts wieder zurück seid. Wir müssen heute noch drei große Einhornkriege durchnehmen und ich möchte nicht, dass ihr alles verpasst."

Unter den Blicken ihrer neidischen Mitschüler folgten Wolke und ihre Freunde Mondstrahl hastig aus dem Klassenzimmer. Wolke spürte ein Kribbeln im Bauch. Obwohl sie den König und die Königin bereits im Sommer bei ihrem Besuch im Palast getroffen hatte, war sie nervös beim Gedanken, das königliche Paar wiederzusehen.

„Wenigstens verpasst du Geschichte“, versuchte Saphira Mondstrahl zu trösten. Geschichte war nämlich das Fach, das Mondstrahl am wenigsten mochte.

Mondstrahl lächelte schwach. „Na, dann hat es wenigstens etwas Gutes“, scherzte er.

Ein paar Elfen sowie einige äußerst würdevolle Einhörner hasteten in der Eingangshalle herum und warteten darauf, dass der König und die Königin aus dem Büro des Trihorns, des Leiters der Einhornschule, herauskommen würden. Spannung lag in der Luft. Wolke und die anderen warteten nervös neben Mondstrahl, der ganz ruhig wirkte. Als Prinz von Arkadia war er an Pomp und Feierlichkeiten gewöhnt.

Zwei Elfen in rotgoldenen Uniformen standen links und rechts der großen Eichentüre, die zum Büro des Trihorns führte. Jetzt bliesen sie auf goldenen Muschelhörnern ein Signal. Die Türe öffnete sich. Alle Einhörner und Elfen verbeugten sich tief und Wolke schloss sich ihnen automatisch an.

„Mondstrahl, mein Schatz", hörte sie eine Stimme, als sie den Kopf höflich senkte. „Du bist ja schon wieder gewachsen! Und deine Freunde auch! Ist das hier Wolke?"

Wolke blickte schüchtern auf. Die Königin von Arkadia lächelte ihr zu. Sie war das schönste Einhorn, das Wolke jemals gesehen hatte, mit einer langen silbernen Mähne und einem strahlend weißen Fell. Ihr Körper schien von innen heraus zu leuchten, als ob ihre Güte und ihr Zauber durchschimmerten.

„Ja, Eure Majestät", antwortete Wolke aufgeregt. Ihr Herz klopfte ihr in der Brust.

„Ich hoffe, du verpasst in dieser Woche keinen wichtigen Unterricht, Mondstrahl", bemerkte der König gelassen. Er sah großartig aus und war mit Abstand das stattlichste Einhorn im Raum. Sein Fell glänzte wie poliertes Zinn. „Wo haben wir dich denn gerade weggeholt?"

„Von den großen Einhornkriegen, Vater", erwiderte Mondstrahl.

„Sehr gut", meinte der König. „Dann erzähle ich dir darüber alles auf unserer Reise."

Wolke hätte beim Anblick von Mondstrahls Miene beinahe losgeprustet. Aber dann fiel ihr wieder ein, wie gerne Mondstrahl gerade in dieser Woche in der Schule geblieben wäre. Da verging ihr das Lachen gleich wieder.

„Mondstrahl, dann verabschiede dich jetzt bitte von deinen Freunden", sagte der König freundlich und raschelte mit seinem dunkelgrauen Schweif. „Wir werden zum Mittagessen im Observatorium erwartet."

Wolke und die anderen drängten sich um ihren Freund.

„Du wirst uns fehlen", sagte Sturmwind.

„Viel Spaß", meinte Stella ruhig.

„Danke, Stella", erwiderte Mondstrahl und scharrte verlegen mit den Hufen. „Viel Glück für die Auswahlrunden. Ich hoffe, du schaffst es!"

„Danke", murmelte Stella. Als sie aufsah, bemerkte Wolke überrascht Tränen in Stellas Augen. Sie sagte: „Ich wünschte, du könntest auch mitmachen!"

„Ich auch", antwortete Mondstrahl. „Aber du wirst an meiner Stelle alles geben, oder?"

Alle drängten jetzt zum Ausgang. Die königlichen Besucher formierten sich ganz vorne, wobei Mondstrahl zwischen dem König und der Königin lief. Rechts und links von ihnen bestiegen Elfen ihre Einhörner. Beim Klang des goldenen Muschelhorns hoben sie alle ab und flogen elegant davon.

„Ist die Königin nicht wundervoll?“, fragte Saphira mit einem begeisterten Seufzer, während sie sich mit Wolke und den anderen voller Bedauern zurück zur Schule wandte. „Ihre Mähne fällt wie ein Wasserfall. Ich wünschte, ich hätte auch so eine Mähne!“

„Ich auch“, scherzte Sturmwind und brachte Wolke damit zum Lachen. Sturmwinds borstige Mähne sah eher wie eine Hecke aus als wie ein Wasserfall.

Stella sagte überhaupt nichts. Sie ließ den Kopf hängen.

„Tja, dann müssen wir wohl wieder zurück in den Geschichtsunterricht“, meinte Wolke. „Gloria ist inzwischen bestimmt schon beim Dritten Großen Krieg.“

„Ich mache einen Spaziergang“, meinte

Stella plötzlich. „Sagt Gloria bitte, dass ich mich nicht gut fühle." Damit wandte sie sich um und trabte hinaus.

Wolke sah ihr verwundert nach. Stella benahm sich irgendwie merkwürdig.

4

Stella war das ganze Wochenende über in einer seltsamen Stimmung. Als Wolke sie fragte, was los war, reagierte sie verärgert.

„Ich bin nervös wegen der Auswahlrunden, das ist doch ganz normal!“

Und dann starrte sie Wolke so böse an, dass diese nicht wagte, noch weitere Fragen zu stellen.

Zu Wolkes Erleichterung schien sich Stella wieder beruhigt zu haben, als am Montag die Auswahlrunden direkt bevorstanden.

„Wir feuern dich an, so laut wir können!“, versprach Saphira, als sie mit Wolke und Stella nach der Schule zur Flugheide trabte.

„Und ich noch für Sturmwind mit“, meinte Wolke. Sturmwind hatte nämlich seinen ersten Straftag angetreten. „Deswegen werde ich besonders laut rufen!“

„Danke“, sagte Stella. Sie sah auf all die Einhörner, die sich auf der Flugheide drängten und versuchten, einen möglichst guten Platz zu ergattern.

„Ich lauf jetzt besser zur Startlinie. Das Regenbogenhaus ist als Erstes dran. Bis später!“

„Kämpf für Mondstrahl!“, rief ihr Saphira nach.

Wolke versuchte mitzuzählen, wie viele Einhörner bei den Auswahlrunden mitmachten. Es waren bestimmt fünfzig, die um die Startlinie herumwuselten. Die Bandbreite reichte von kräftigen Sechstklässlern bis hin zu äußerst optimistischen Erstklässlern. Wolke und Saphira beobachteten, wie Stella ihren Platz an der Startlinie für die erste Runde einnahm.

„Auf die Plätze!", erschallte Atlas' Stimme wundersam verstärkt über die Heide. „Fertig – Los!"

Die Einhornmenge jubelte, als die erste Runde startete. Stella musste gegen vier Drittklässler, einen Viertklässler und zwei Fünftklässler antreten. Sie war zwar klein, aber dafür wild entschlossen. Aufgeregt beobachtete Wolke, wie Stella mit wehender Mähne über die Heide flog.

„Sie ist super!", jubelte Saphira. „Seht nur, sie ist als Erste am Wendepunkt!"

Stella drehte geschmeidig um und schoss zurück Richtung Start. Wolke schrie, bis sie heiser war: „Auf geht's! Stella, du schaffst es!"

Auf halber Strecke taumelte Stella plötzlich und wurde langsamer. Dann, als ein

Viertklässler an ihr vorüberzog, schien sie wieder zur Besinnung zu kommen. Sie sammelte sich zum Endspurt und zischte als Zweite über die Linie.

„Reicht es, wenn sie Zweite ist?“, fragte Saphira besorgt.

„Das kommt darauf an, wie gut die anderen Runden sind“, antwortete Wolke.

Stella lief zu ihnen herüber. Nervös sahen sie gemeinsam bei den nächsten beiden Auswahlrunden des Regenbogenhauses zu. Das erste Rennen war sehr langsam, aber das zweite war schneller als Stellas Durchgang. Sobald das Regenbogenhaus fertig war, ging es mit dem Sonnenhaus weiter.

„Die Schüler vom Sonnenhaus sind sehr gut“, bemerkte Stella.

Wolke und ihre Freunde sahen den Einhörnern atemlos zu, die wie Feuerblitze über den Himmel schossen. Es gab einen Tumult am anderen Ende der Heide, als eine zarte Erstklässlerin beim Wenden einen Fehler machte und zu Boden stürzte. Elfen eilten herbei, um zu untersuchen, ob sie sich wehgetan hatte.

„Erstklässler haben hier einfach keine Chance. Seltsam, dass sie es überhaupt versuchen!“, meinte Wolke.

„Mondstrahl hätte letztes Jahr bestimmt auch mitgemacht“, erwiderte Saphira. „Es gibt einfach sehr ehrgeizige Einhörner.“

Wolke wusste, dass Saphira recht hatte. Sie beobachtete, wie die verletzte Einhornschülerin mit Tränen in den Augen, gestützt von zwei Elfen, vorbeihumpelte.

„Vielleicht schaffst du es nächstes Jahr!“, rief ihr Wolke aufmunternd zu.

Diese schniefte hörbar und humpelte weiter.

Die Runden von Sternenhaus und Mondhaus waren beinahe so rasant wie die des Regenbogenhauses. Ein Schüler des Sternenhauses wurde vom Wettkampf ausgeschlossen, weil er ein verzaubertes Hufeisen bei sich trug, um schneller zu sein. Er wurde von der Flugheide geführt. Wolke vermutete, dass er direkt zum Trihorn gebracht wurde. Betrug war eine ernste Sache.

Die Sonne ging bereits unter, als die letzte Auswahlrunde zu Ende war. Wolke hielt den Atem an, als Atlas endlich die Liste all derer vorlas, die es geschafft hatten:

„Zum Flugteam des Regenbogenhauses werden gehören: Feuerschweif, Sternenglanz, Phönix, Topas ... und Stella."

„Du hast es geschafft!", quietschte Saphira und machte vor Freude einen Luftsprung.

„Super!", rief Wolke atemlos.

Stella verschwand in der Menge der feiernden Regenbogenhaus-Schüler, die ihr alle sagen wollten, wie toll sie war.

„Wir halten unsere Übungsstunden zweimal in der Woche in der Mittagspause ab", verkündete Atlas, nachdem er alle Namen vorgelesen hatte. Dabei musste er die Stimme heben, um die begeisterten Einhörner zu übertönen. „Und am übernächsten Wochenende findet das erste Wettfliegen zwi-

schen den Häusern statt. Danke an alle Teilnehmer, und viel Glück!“

Am Freitagnachmittag war Mondstrahl zurück.

„Na, wie war’s?“, fragte Wolke neugierig, als Mondstrahl nach der Schule auf die Mondscheinwiese getrabt kam.

Mondstrahl zuckte die Schulter. „Ganz schön langweilig“, meinte er offen. „Wie ich schon erwartet hatte, war das Observatorium noch gar nicht fertig. So durfte ich Ziegelhaufen und halbgestrichene Fensterrahmen bewundern, statt Sterne zu beobachten. Und ich musste mich die ganze Woche vorbildlich benehmen. Na, haben wir viele Hausaufgaben?“

„Ja“, antwortete Wolke.

Mondstrahl stöhnte.

„Ich habe meine ganzen Aufzeichnungen für dich abgeschrieben“, meldete sich Stella zu Wort. Wolke sah sie erstaunt an.

Mondstrahl aber blickte erfreut auf. „Danke, Stella!“, sagte er. „Wie ist es dir in deiner Auswahlrunde ergangen?“

„Stella hat es ins Team geschafft“, antwortete Wolke behutsam.

Die anderen beobachteten Mondstrahl

nervös. Wie würde er die Nachricht aufnehmen?

Einige Sekunden lang stand er stumm da. „Gut gemacht, Stella“, sagte er dann schließlich. „Wirklich ... gut gemacht.“

„Danke, Mondstrahl“, murmelte Stella verlegen. „Eigentlich hättest aber du gewinnen sollen.“

Mondstrahl zuckte die Schultern. „Tja, das ist wohl nicht zu ändern“, meinte er und bemühte sich, so zu tun, als wäre es ihm egal. Aber Wolke wusste, dass es ihm ganz und gar nicht gleichgültig war.

Der nächste Flugunterricht stand am folgenden Montag auf dem Stundenplan. Als die Einhörner übten, in bestimmten Formationen zu fliegen, gab Mondstrahl wieder sein Bestes. Seine Wenden waren perfekt und er flog sehr umsichtig. Außerdem flog er ganz außen. Wolke hasste diesen Platz. Es war unmöglich, dort draußen ganz alleine seine genaue Position zu halten.

„Sehr gut, Mondstrahl!", lobte Atlas, als Mondstrahl seine Gruppe sicher durch die Lüfte führte.

Am Ende der Stunde trabte Mondstrahl zu seinem Lehrer.

„Kann ich noch kurz dableiben, Atlas?", hörte Wolke ihn fragen. „Ich würde gerne etwas mit dir besprechen."

„Ob Mondstrahl wohl darum bittet, dass er doch noch ins Flugteam aufgenommen wird?", überlegte Saphira. Die Freunde liefen gemeinsam zum Zauberfeld, auf dem sie die nächste Stunde hatten.

„Das glaube ich nicht. Darüber haben sie ja bereits gesprochen", meinte Sturmwind. „Außerdem sind die Auswahlrunden vorbei. Da ist nichts mehr zu machen."

„Sei dir da mal nicht so sicher", meinte Wolke, als Mondstrahl auf sie zu kam. „Mondstrahl kann sehr überzeugend sein. Und anscheinend hat er uns etwas zu erzählen."

„Sag bloß, Atlas nimmt dich noch ins Flugteam auf?", rief Sturmwind, als Mondstrahl zu ihnen galoppiert kam.

„Nein, nicht wirklich", antwortete Mondstrahl enttäuscht und scharrte mit den Hufen. „Aber er wollte sehen, was ich alles kann. Er ließ mich um die Heide fliegen, bis mir ganz schwindlig war."

„Und?", fragte Stella gespannt.

„Atlas war sehr zufrieden mit mir. Aber wegen der Auswahlrunden hat er nicht nachgegeben. Ich bin also nicht im Team, aber er meinte, ich könnte Ersatzmann sein. Falls jemand aus dem Team ausfällt, darf ich für ihn einspringen."

Stella schnappte überrascht nach Luft. Die anderen beglückwünschten ihn.

„Das ist super!“, rief Wolke.

Mondstrahl zuckte die Schulter. „Ist in Ordnung“, meinte er. „Ich wäre lieber richtig im Team. Aber wenigstens darf ich bei den Übungen mitmachen und beim Training zusehen.“

„Ich finde es toll, dass Atlas dich zum Ersatzmann gemacht hat“, meldete sich Saphira zu Wort. „Anscheinend bist du vorhin super geflogen."

„Das ist großartig!", meinte auch Stella. „Ich wünschte wirklich, du wärst fest im Team. Du bist einfach der beste Zweitklässler."

Wolke und Saphira sahen sich erstaunt an. Wollte Stella damit sagen, dass Mondstrahl besser war als sie? Die Auswahlrunden waren hart gewesen. Vielleicht hatte Stella endlich begriffen, dass sie nicht überall die Beste sein konnte.

5

Die erste Flugstunde für das Team des Regenbogenhauses fand am nächsten Tag statt. Wolke, Saphira und Sturmwind kamen mit, um Stella und Mondstrahl anzufeuern.

„Atlas ist ganz schön streng!“, meinte Saphira, die beobachte hatte, wie der Lehrer Feuerschweif tadelte, weil ihr eine Wende nicht rasch genug gelungen war. „Da bekommt man ja Angst.“

Feuerschweif versuchte es unter dem strengen Blick von Atlas noch einmal. Dieses Mal war sie schnell wie der Blitz.

„Aber es funktioniert“, fügte Sturmwind hinzu.

„Formationsfliegen!“, brüllte Atlas dem Team des Regenbogenhauses zu. Wolke bemerkte, dass Stella erschöpft aussah. Mondstrahl dagegen lief am Himmel auf und ab wie ein Rennpferd, das die nächste Runde gar nicht erwarten konnte.

„Später im Jahr veranstalten wir einen Wettbewerb für Formationsflug und Flugtricks“, fuhr Atlas fort. „Mondstrahl, ich fürchte, du kannst bei diesen Übungen nicht mitmachen. Hier muss sich das Team an die genaue Konstellation und den präzisen Ablauf gewöhnen.“

Mondstrahl sah niedergeschlagen aus. Er flog nach unten und landete neben Wolke und den anderen.

„Ich würde zu gerne mitmachen“, murmelte er bitter. „Formationsflug ist meine Stärke und Stella ist nicht besonders gut darin.“

Wolke sah zu, wie Stella zu kämpfen hatte, um auf ihrem Platz zu bleiben. Das Team des Regenbogenhauses flog in einem großen Bogen majestätisch über die Heide. Mondstrahl atmete tief durch.

„Sie sind nicht schnell genug“, meinte er mit einem Kopfschütteln. „So werden sie nicht gewinnen.“

„Mondstrahl, sie üben doch nur. Beim ersten Mal müssen sie noch nicht perfekt sein“, widersprach ihm Wolke.

„Ich finde immer noch, dass sie mich brauchen“, murrte Mondstrahl. Und für den Rest des Trainings sagte er kein Wort mehr.

Nach dem Zauberunterricht am Mittwoch lief Wolke mit Stella zum Mittagessen auf die Mondscheinwiese. Vor ihnen waren Sturmwind und Saphira und sprachen über Hausaufgaben. Mondstrahl trödelte ihnen hinterher. Mit der Spitze seines Horns fuhr er über das hohe Gras, sodass es zu funkeln begann.

„Wolke, du warst im Zaubern vorhin richtig gut", lobte Stella. „Mein Grashalm wollte überhaupt nicht nach Sonnenblume aussehen. Aber du hattest beinahe alle Blütenblätter und es war die größte Blume von der ganzen Klasse!"

„Das ist gar nicht so schwer", erwiderte Wolke. „Als Erstes musst du deinen Kopf leerbekommen. Das ist das schwierigste –"

„Stella?"

Mondstrahl hatte aufgeholt und unterbrach Wolke mitten im Satz. „Entschuldige bitte, kann ich dich kurz wegen des Flugteams sprechen?"

„Klar“, antwortete Stella.

Wolke wurde schneller, um sich Sturmwind und Saphira anzuschließen. Sie sprachen auch gerade über ihre Sonnenblumen.

„Meine wurde einfach nicht gelb“, sagte Sturmwind und schüttelte den Kopf. „Ich weiß gar nicht, wie du das geschafft hast.“

„Ich mag silberne Sonnenblumen“, versuchte ihn Saphira zu trösten.

„Die Sonne ist aber nicht silbern“, klagte Sturmwind.

Wolke kicherte. „Vielleicht hast du ja stattdessen Mondblumen gezaubert“, scherzte sie.

Kurz darauf schloss Stella sich ihnen wieder an. Wolke wollte Stella gerade fragen, was Mondstrahl gesagt hatte, da platzte Sturmwind heraus:

„Habt ihr auch gehört, dass es heute Mittag Klee geben soll?“, fragte er gespannt.

Klee war Wolkes absolutes Lieblingsessen. Sie vergaß die Sache mit Stella und Mondstrahl und galoppierte voraus, um möglichst schnell bei ihrem Futtereimer zu sein. Nach der Zauberstunde war sie immer besonders hungrig.

Wehmütig sah Wolke ihrem leergegessenen Eimer hinterher, als er nach dem Essen abgetragen wurde. Es war tatsächlich Klee gewesen und er war so köstlich wie immer. Sie hatte ihn langsam und genüsslich verzehrt. Als sie sich jetzt umsah, bemerkte sie, dass ihre Freunde den Tisch bereits verlassen hatten.

„Wartet auf mich!“, rief Wolke und trabte Saphira und Sturmwind hinterher.

„Oh, kommst du auch mit zum Rosenquarz-Club?“, fragte Saphira. „Ich wusste gar nicht, dass du dich angemeldet hast.“

Wolke hatte sich tatsächlich nicht eingeschrieben. Darum machte sie sich auf die Suche nach Stella und Mondstrahl.

Sie wusste, dass das Flugteam heute Training hatte. Wolke stellte es sich höchst angenehm vor, mit dem Bauch voller Klee am Rand der Flugheide zu liegen und ihren Freunden beim Wettfliegen zuzusehen.

Mondstrahl war schon unterwegs und Wolke galoppierte ihm hinterher.

„Hallo Wolke“, begrüßte er sie. Irgendwie wirkte er, als wäre es ihm unangenehm, sie hier zu sehen. „Du musst wirklich nicht immer zum Training kommen.“

„Ich weiß schon, aber ich habe gerade nichts anderes zu tun. Außerdem macht mir das Zuschauen Spaß.“ Sie sah sich um. „Wo ist Stella?“

Mondstrahl trabte los. „Sie wird schon kommen.“

Wolke lief mit Mondstrahl den Pfad zur Flugheide hinauf. Immer wieder wandte sie sich um. Stella war nirgendwo zu sehen.

„Stella ist zu spät", meinte sie besorgt, als sie oben ankamen. Atlas und der Rest des Regenbogenhaus-Teams waren bereits da und warteten auf den Beginn der Übungsstunde.

Mondstrahl zuckte nur die Schulter. „Tja, dann kommt sie eben zu spät." Damit galoppierte er hinüber zu Atlas.

Wolke suchte sich ein Fleckchen, wo sie sowohl die Flugheide als auch die Klippen im Blick hatte. Stella würde über den Klippenpfad zur Flugheide heraufkommen, und Wolke wollte nach ihr Ausschau halten. Stella hatte sich wegen des Flugteams so seltsam benommen, dass sich Wolke fragte, ob sie eigentlich wirklich dabei sein wollte.

„Formationsflug!", rief Atlas, nachdem

sie zwanzig Minuten möglichst schnell geflogen waren. „Wo ist Stella? Mondstrahl, weißt du etwas?“

„Nein. Tut mir leid“, antwortete Mondstrahl.

Wolke konnte sehen, dass Atlas verärgert war. „Stella weiß ganz genau, dass ich sie für den Formationsflug brauche“, rief er vorwurfsvoll. „Mondstrahl, da wirst du einspringen müssen.“

Wolke schaute wieder zum Strand hinunter. Keine Spur von Stella.

Über ihr bildete das Flugteam die Form eines Diamanten. Mondstrahl flog in der Außenposition und führte das Team in einem perfekten Bogen über die Flugheide.

„Super!“, rief Atlas. „Und jetzt machen wir eine Pause!“

„Ich mache mir Sorgen wegen Stella“, sagte Wolke zu Mondstrahl, als er neben ihr landete, um ein bisschen saftiges Grün zu naschen. Die Hecken, die die Flugheide begrenzten, waren zu verlockend. „Hast du nicht auch das Gefühl, dass da irgendwas nicht stimmt?“

Mondstrahl kaute sorgfältig und schluckte. Dann sagte er langsam: „Du, mir fällt gerade ein, dass ich Stella erzählt habe, dass sich das Flugteam heute im Dornenwald trifft."

Wolke runzelte die Stirn. „Warum denn das?"

Mondstrahl schnappte sich noch einen Grasbüschel. „Atlas hatte den Treffpunkt geändert. Und dann hat er es wieder rückgängig gemacht. Irgendwie habe ich einfach vergessen, Stella zu sagen, dass wir doch ganz normal auf der Flugheide sind."

„Aber warum sollte Atlas im Dornenwald trainieren wollen?", fragte Wolke. „Da kann man doch überhaupt nicht fliegen. Das Gebüsch dort ist doch viel zu dicht und dornig."

„Das ist ja der Witz daran", meinte Mondstrahl. „Wenn man im Wald übt, muss man Zweigen und Baumstämmen ausweichen. Und davon wird man besonders geschickt."

Wolke überlegte kurz. Irgendwie klang das total merkwürdig. Aber Atlas würde schon wissen, was er tat.

„Das ist echt blöd", sagte sie schließlich. „Stella wartet bestimmt schon ewig im Dornenwald auf euch! Ich werde sie gleich suchen. Aber sie hat den Großteil der Stunde verpasst."

„Sag ihr, dass es mir leid tut!", rief Mondstrahl Wolke hinterher, als sie über die Heide auf den Dornenwald zulief, der am Pass der Winde lag. „Ich werde es wieder gutmachen, versprochen!"

Wolke wurde das Gefühl nicht los, dass eine Flugstunde im Dornenwald eine richtig schlechte Idee war. Bestimmt hatte Mondstrahl da irgendetwas falsch verstanden. Mit gesenktem Kopf galoppierte sie los. Vor ihr ragte der Dornenwald mit seinem Gestrüpp düster empor.

„Stella?“ Wolke trat vorsichtig zwischen die dunklen Bäume. Ihre Augen mussten sich erst an die Dämmerung gewöhnen. „Bist du hier? Stella?“

Wolke hatte den Dornenwald noch nie gemocht. Er war voller heimtückischer Dornen und man konnte sich auf seinen verschlungenen, schlammigen Pfaden leicht verirren.

„Stella!“, wieherte sie. „Wo bist du?“

Als sie keine Antwort bekam, schloss sie, dass Stella den Dornenwald längst wieder verlassen hatte. Wolke wandte sich mit einem Seufzer um. Doch da hörte sie Stellas Stimme!

„Wolke! Ach, Wolke! Ich bin ja so froh, dass du da bist!“ Stella war den Tränen nahe. „Hilf mir! Ich habe mich verfangen!“

Wolke schoss herum. Stellas tränenverschmiertes Gesicht blickte sie aus einem Gewirr von Dornen und Ranken an.

„Ich bin verletzt“, schluchzte Stella. Schwach zerrte sie an den Schlingen, die ihre Hufe festhielten. „Bitte, Wolke, hilf mir hier heraus!“

6

Wolke zerrte und zog mit den Zähnen an dem Dornengestrüpp. Stella keuchte vor Schmerzen, sodass Wolke wieder damit aufhörte.

„Tu ich dir weh?“, fragte sie besorgt.

Stella biss sich auf die Lippen. „Ich glaube, ich habe mir den Huf verdreht.“

Wolke packte den letzten Dornenzweig und zog ganz fest. Endlich war Stella befreit!

„Danke!“, rief Stella und stupste sie dankbar an.

„Kannst du laufen?“, fragte Wolke.

Stella versuchte, auf den Huf zu treten.

Sie zuckte zusammen. „Das tut so weh!“, schluchzte sie auf.

Wolke hätte gerne ihre Heilkräfte eingesetzt, wollte aber vorsichtshalber nichts unternehmen, so lange sie nicht wusste, wo Stella genau verletzt war.

„Wir müssen dich irgendwie zurück in die Schule bringen“, sagte sie. „Dann können dich die Elfen untersuchen. Versuche, ganz langsam neben mir herzugehen ... Nur noch ein Stückchen, bis wir aus dem Wald sind ...“

Stella humpelte neben Wolke her. Die zwei Einhornmädchen duckten sich unter den Zweigen hindurch und traten vorsichtig auf den holprigen Boden. Am Rand der Flugheide kamen sie aus dem Wald. Wolke hatte sich nie zuvor so über den Anblick des blauen Himmels gefreut.

„Auch das Fliegen wird dir wehtun, aber du musst jetzt so schnell wie möglich zurück in die Schule", meinte Wolke. „Ich helfe dir."

Stella stolperte hinter Wolke her. Sie stieß sich mit ihren drei gesunden Beinen ab und bemühte sich, den schmerzenden Fuß so gut wie möglich zu schonen. Langsam flogen sie von der Heide hinunter, über den Strand auf die Türme der Einhornschule zu. Als sie im Schulhof landeten, wieherte Stella vor Schmerzen und brach auf den Steinplatten zusammen. Wo auch immer sie verletzt war, es schien sehr ernst zu sein.

„Hilfe!", rief Wolke erschöpft und den Tränen nahe.

Mehrere Elfen kamen aus der Schule gelaufen. Sie blieben stehen und starrten sie entsetzt an.

„Was ist passiert?", fragte der größte Elf.

„Stella hat sich am Bein verletzt", erklärte Wolke. „Vielleicht ist es gebrochen?"

Der Elf schnipste mit den Fingern. Wie ein Pfeil schoss eine Trage aus flauschigem Wolkenmaterial auf sie zu. Die Elfen scharten sich um Stella und hoben sie vorsichtig auf die Trage. Stella seufzte. Nachdem der Elf nochmals geschnipst hatte, flog die Trage mit Stella in die Krankenstation der Schule. Wolke trabte mit klopfendem Herzen hinter ihnen her.

In der Krankenstation untersuchte ein Elf im schneeweißen Kittel Stellas Bein. Wolke beobachtete ihn besorgt.

„Hm“, meinte der Elf, als er sich aufrichtete. „Eine böse Verstauchung. Du musst das Bein einen Monat lang ruhig halten, dann ist alles wieder gut.“

„Und was ist mit dem Wettfliegen am Wochenende?“, fragte Stella entsetzt.

Der Elf schüttelte den Kopf. „Das Abheben und Landen wäre für den Huf zu anstrengend“, erklärte er.

Stella ließ enttäuscht den Kopf hängen.

„Das tut mir so leid“, sagte Wolke und stupste ihre Freundin an. „Ich weiß ja, wie wichtig dir das Flugteam ist.“

„Wahrscheinlich habe ich es nicht anders verdient“, murmelte Stella.

Wolke sah sie fragend an: „Wie meinst du das?“

Doch noch ehe Stella antworten konnte, kam Mondstrahl hereingaloppiert.

„Ich habe es gerade gehört", keuchte er mit zitternden Flanken. „Stella, geht es dir gut?"

Eine Träne rollte Stella übers Gesicht.

„Sie hat sich am Bein verletzt und kann beim Wettfliegen nicht mitmachen", erklärte Wolke.

Mondstrahl wurde ganz blass. „Oh, es tut mir ja so leid, dass ich nicht daran gedacht hatte, dir zu sagen, dass das Training doch auf der Flugheide stattfinden würde", stammelte er. Auch er war den Tränen nahe.

„Mach dir keine Vorwürfe", erwiderte Stella mit einem Seufzen. „Es war nicht deine Schuld. Ich weiß ja, dass du es nicht mit Absicht vergessen hast."

Mondstrahl ließ den Kopf hängen und sah zu Boden.

„Außerdem“, fügte Stella hinzu, „kannst du ja nichts dafür, dass ich gestolpert bin und mir den Fuß verdreht habe. Immerhin hast du mich beim Training vertreten.“

Mondstrahl schien in sich zusammenzusacken. „Es tut mir so leid. Wirklich“, murmelte er.

Wolke hatte Mondstrahl noch nie so kleinlaut erlebt.

Der Rest der Woche verging rasend schnell und schon war der Tag des Wettfliegens da. Oben auf der Flugheide flatterten die farbigen Banner der vier Häuser im Wind. Alle Einhornschüler waren gekommen, um ihre Teams anzufeuern. Die meisten trugen bunte Schleifen um den Hals oder in den Schwanz geflochten. Es war ein farbenfro-her Anblick und die Stimmung war sehr gut.

„Wie geht es deinem Fuß?“, fragte Wolke ihre Freundin Stella.

Stella sah auf ihren verbundenen Fuß. „Nicht schlecht. Aber ich bin froh, dass ich nicht fliegen muss.“

Saphira sah sich um. „Ich hätte gedacht, dass Mondstrahl schon da ist“, meinte sie. „Das ist doch heute sein großer Tag!“

Seit Stellas Unfall war Mondstrahl zum festen Mitglied des Flugteams aufgestiegen. Aber anstatt sich deswegen überschwänglich zu freuen, hatte er kaum etwas gesagt. Das war Wolke irgendwie komisch vorgekommen. Aber als sie mit Sturmwind darüber sprechen wollte, hatte der nur abgewinkt. „Vielleicht hat er endlich gelernt, nicht mehr so viel anzugeben.“

Wolke hielt es trotzdem für merkwürdig. Sie sah, dass sich die Teams bereits an der Startlinie versammelten. Mondstrahl war nicht dabei.

„Wahrscheinlich wärmt er sich noch irgendwo auf“, vermutete Sturmwind.

„Dabei kann man schließlich auch angeben“, stimmte ihm Saphira zu.

Aber Wolke war sich da nicht so sicher. Mondstrahl war in den letzten Tagen ausgesprochen komisch gewesen. Sie hatte ihn beobachtet, wie er lustlos in seinem Frühstück stocherte. Nicht einmal an den Mutmaßungen über die Gewinnchancen der einzelnen Häuser beim Wettfliegen hatte er sich beteiligt. Das sah ihm gar nicht ähnlich.

Atlas Stimme schallte über die Heide. „Letzter Aufruf. Alle Teams bitte zur Startlinie!“

„Mondstrahl ist nicht da!“, rief Wolke besorgt.

Sturmwind sah sie überrascht an. „Das kann nicht sein. Mondstrahl hat doch letztes Wochenende ständig mit seinem Team trainiert. Da würde er doch nicht jetzt das Wettfliegen verpassen, oder?“

Wolke und Saphira sahen sich an.

„Mondstrahl hat ein Problem“, riefen sie gleichzeitig.

7

„Mondstrahl hat sich einfach verspätet“, sagte Stella zögernd. „Meint ihr nicht auch?“

„Das Wettfliegen beginnt in fünf Minuten!“, verkündete Atlas.

„Wenn es um eine Geschichtsstunde ginge, hättest du sicher recht“, erwiderte Sturmwind, der inzwischen genauso besorgt aussah wie Wolke und Saphira. „Aber hier geht es ums Fliegen. Es ist Mondstrahls absolute Lieblingsbeschäftigung. Er ist noch nie zu spät zu einer Flugstunde gekommen. Und hier geht es um einen wichtigen Wettbewerb!“

Wolke suchte sich einen Weg aus der

Menge. „Wir müssen ihn suchen!“, rief sie den anderen über die Schulter zu.

„Ich komme mit!“, schloss sich Sturmwind an.

„Wir sollten uns aufteilen“, schlug Saphira vor. „Ich bleibe bei Stella.“

„Viel Glück!“, rief Stella, als Wolke und Sturmwind davontrabten.

„Wo sollen wir nur suchen?“, fragte Sturmwind.

Wolke blieb oben am Klippenpfad stehen. Sie sah hinunter zum Strand, in der Hoffnung, Mondstrahl dort auf sie zugaloppieren zu sehen. Aber außer einigen verspäteten Zuschauern, die noch heraufeilten, war niemand zu entdecken.

„Schau du im Dornenwald und auf dem Zauberfeld!“, schlug Wolke vor. „Ich lauf zum Strand und zur Mondscheinwiese. Irgendwo muss er ja stecken.“

Sturmwind lief in die eine Richtung und Wolke flog auf der anderen Seite hinunter zum Strand. Sie landete geschickt und lief zu den Klippen hinüber. Dort wollte sie versuchen, Mondstrahl mit Hilfe des Rosenquarzes zu finden. Allerdings war Wolke darin nicht besonders geschickt, besonders, wenn sie sich Sorgen machte. Auch dieses Mal zeigte ihr der glitzernde, rosafarbene Stein kein Bild.

Wolke stieß sich wieder in die Luft. Seit Atlas' letzter Ansage waren bestimmt schon zwei Minuten vergangen. Also hatten sie höchstens noch drei Minuten bis zum Start des Wettfliegens. Wolke hatte das Gefühl, selbst in einem Wettlauf anzutreten, einem Wettlauf gegen die Zeit.

Sie senkte den Kopf und flog so schnell sie konnte. Der Wind zerzauste ihr die Mähne und warf sie hin und her. Unermüdlich flog sie weiter, um die Schultürme herum, über die Mondscheinwiese und den Versammlungsplatz hinweg. Schließlich entdeckte sie eine einsame Gestalt neben dem Sprechenden Baum.

„Mondstrahl!", schrie sie so laut sie konnte und schoss hinunter auf das federnde Gras des Versammlungsplatzes. „Was ist denn los? Warum bist du nicht bei den anderen auf der Flugheide? Das Wettfliegen beginnt jeden Moment!"

Mondstrahl sah sie nicht an. „Ich kann nicht mitmachen. Ich sollte überhaupt nicht dabei sein. Es ist Stellas Platz und es ist meine Schuld, dass sie nicht teilnehmen kann."

„Aber ...", begann Wolke.

Mondstrahl unterbrach sie. „Ich habe Stella letzten Mittwoch absichtlich in den Dornenwald geschickt, damit sie das Training verpasst und ich ihren Platz einnehmen kann“, gestand er kläglich. „Ich wollte nur einmal mit dem Team fliegen, aber nicht an ihrer Stelle am Wettfliegen teilnehmen.“

Wolke schnappte nach Luft. Sie hatte damals schon den Verdacht gehabt, dass irgendetwas mit Mondstrahls Geschichte vom Training im Dornenwald nicht stimmte. Und jetzt stellte sich heraus, dass er das alles einfach erfunden hatte! Wie hatte er nur so gemein sein können?

„Ich wollte nur einmal richtig mit dem Team fliegen“, murmelte Mondstrahl. „Ich wollte doch nicht, dass Stella verletzt wird. Wolke, das musst du mir glauben! Aber trotzdem bin ich schuld. Es war gemein von mir. Und nachdem auch noch ein Unfall passiert ist, kann ich nicht beim Wettfliegen mitmachen. Das habe ich nicht verdient.“

Wolke war so schockiert, dass sie zuerst gar nicht wusste, was sie sagen sollte.

Schließlich meinte sie: „Da hast du etwas Schreckliches getan, Mondstrahl!“

Mondstrahl ließ den Kopf noch tiefer hängen.

„Und jetzt musst du es wieder gutmachen“, fuhr Wolke fort. „Wenn du dich bei Stella entschuldigen willst, dann musst du jetzt das Rennen fürs Regenbogenhaus gewinnen, das würde sie sich nämlich am meisten wünschen. Anschließend kannst du dich mit Stella aussprechen und sie um Verzeihung bitten.“

„Das schaffe ich nicht. Sie wird mich für das gemeinste Einhorn von ganz Arkadia halten.“

„Ich kenne dich gut genug, um zu wissen, dass du nicht wolltest, dass sich Stella verletzt. Aber du musst das wieder gutmachen und das geht nur, wenn du beim Wettfliegen dabei bist.“

Mondstrahl hob langsam den Kopf und sah Wolke eine Weile an.

„Du hast recht“, meinte er dann zögernd. „Ich kann nicht auch noch mein Team im Stich lassen.“

„Dann beeile dich! Schnell! Das Rennen fängt gleich an!“, drängte Wolke.

Das musste sie Mondstrahl nicht zweimal sagen. Er schoss in die Luft und sauste wie der Blitz zur Flugheide hinauf.

„Schone deine Kräfte fürs Wettfliegen!“, rief ihm Wolke nach, die ihm nicht mehr hinterherkam. Aber Mondstrahl war bereits außer Sichtweite.

Wolke folgte ihm so schnell sie konnte. Als sie über die Klippen nach oben flog, hörte sie lauten Jubel. Aufgeregt legte sie noch an Tempo zu und sah, wie die ersten Mitglieder der vier Flugteams zum großen Wettfliegen starteten.

Mondstrahl musste neben seinen Teamkollegen noch einen Moment warten und scharrte ungeduldig mit den Hufen. Er hatte es gerade noch rechtzeitig zum Beginn des Rennens geschafft!

8

„Regenbogenhaus vor!“, schrie Wolke, als sie gelandet war und sich durch die Menge zu ihren Freunden gedrängt hatte.

Auch Sturmwind war zurück. „Ich habe vom Pass der Winde aus gesehen, dass Mondstrahl zur Heide geflogen ist“, sagte er mit erhobener Stimme, um den Lärm zu übertönen. „Er war so schnell, dass ich Angst hatte, er würde eine Bruchlandung hinlegen!“

„Atlas hat ihn so geschimpft!“, erzählte Saphira mit einem Kopfschütteln. „Aber ich glaube, er war schon sehr froh, dass er doch noch gekommen ist. Hast du ihn gefunden, Wolke, oder war er einfach zu spät?“

„Was war nur los?“, fragte Stella besorgt.

„Das erzähle ich euch später“, lenkte Wolke ab. Sie reckte den Hals, um nichts zu verpassen.

Jedes Mitglied der Teams musste zweimal über die Heide fliegen. Am anderen Ende der Heide, an der Grenze zum Dornenwald, standen vier Stangen, an denen die verschiedenfarbigen Banner der vier Häuser fröhlich flatterten. Jedes Mitglied musste seinen Mast umrunden, ehe es umdrehte und zur Startlinie zurückflog, wo schon der nächste Teilnehmer auf den Start wartete.

„Seht nur, Atlas setzt Mondstrahl als Letzten ein!“, rief Saphira.

„Wahrscheinlich, weil er der Schnellste ist“, vermutete Wolke.

In einem Staffelflug wie diesem musste der Letzte der Schnellste sein. Der Ausgang

des Wettfliegens hing meistens vom letzten Teilnehmer ab.

Feuerschweif hatte ihre Wenden eifrig geübt. Wolke beobachtete gebannt, wie sie die Fahnenstange des Regenbogenhauses geschmeidig umrundete und zurückraste. Sie hatte den Wind im Rücken und lag in Führung – aber ganz knapp!

„Jetzt ist Sternenglanz an der Reihe", meinte Sturmwind. „Oh nein, sie ist unkonzentriert!"

Alle schnappten nach Luft. Sternenglanz hatte es nicht geschafft, mit ihrem Horn Feuerschweifs Horn zu berühren. Das magische Knistern, wenn sich die Hörner berührten, war das Zeichen, dass der Nächste an der Reihe war. Berührten sich die Hörner aber nicht, dann war der Wettkampf ungültig. Voller Panik musste Sternenglanz es noch zweimal versuchen, ehe es ihr endlich gelang. Dann schoss sie los.

„Sowohl das Team vom Sonnen- als auch vom Mondhaus hat uns überholt!", rief Stella betroffen. „Vorwärts, Regenbogenhaus!"

Überall erklangen jetzt die Rufe: „Regen-Bogen, Regen-Bogen! Regen-Bogen!"

Sternenglanz war auf Platz drei, als sie zurückkam. Sie reckte ihr Horn vor und berührte damit Phönix, den dritten Teilnehmer des Regenbogenhauses. Es gab ein magisches Knistern und Phönix war weg.

„Er hat das Sternenhaus überholt!", jubelte Saphira. „Ach, ich kann gar nicht hinsehen!"

Phönix war großartig. Er zischte zurück und erkämpfte für das Regenbogenhaus die Führungsposition zurück. Auch die Übergabe mit dem vierten Regenbogenhaus-Teilnehmer gelang perfekt. Das Wiehern schwoll an und wurde ohrenbetäubend. Einige Zuschauer waren bereits in der Luft, um besser sehen zu können, und die Massen am Himmel feuerten beinahe so laut an wie die am Boden.

„Mondstrahl, los!", wieherte Sturmwind, als Topas den Hals streckte und Mondstrahl berührte. Die letzte Runde hatte begonnen!

Wolke sah mit klopfendem Herzen zu. Mondstrahl hatte einen guten Start hingelegt, aber er war nur um eine knappe Nasenlänge vor Silberblitz, dem letzten Einhorn aus dem Mondhaus. Silberblitz war ein kräftiger Viertklässler mit einem grauen Streifen auf dem Rücken. Mondstrahl musste alles geben, um in Führung zu bleiben.

„Ich kann gar nicht hinsehen!“, jammerte Saphira. „Ist Mondstrahl schon bei den Fahnenstangen, Wolke?“

Wolke beobachtete fasziniert, wie Mondstrahl den Pfosten umrundete.

„Ja, er ist gerade dort“, antwortete sie. „Schneller, Mondstrahl! Halte durch ...!“

Als sie sich der Ziellinie näherten, begann Mondstrahl zu schwanken. Sein Fell war schweißbedeckt und seine Beine zitterten. Silberblitz schoss an ihm vorbei über die Linie. Die Menge war nicht mehr zu halten.

„Mondhaus! Mondhaus!“

„Das Team vom Mondhaus hat gewonnen!“, ertönte Atlas’ Stimme. „Herzlichen

Glückwunsch! Das war ein spannender Wettkampf!“

„Mond-Haus!“, sang ein Schüler aus dem Mondhaus, als er an Wolke und den anderen vorbei trabte, um über den Klippenpfad zurückzulaufen. Ein silbernes Mondhaus-Banner flatterte stolz an seinem Horn.

„Mach dir nichts draus!“, wurde Mondstrahl von Saphira getröstet. „Du warst super!“

„Außerdem hattest du längst nicht so viel Training wie die anderen“, fügte Sturmwind hinzu.

„Ich hätte einen Sieg sowieso nicht verdient“, entgegnete Mondstrahl und scharrte mit den Hufen.

Wolke blieb stumm. Die anderen sahen ihn erstaunt an.

„Wie meinst du das?“, fragte Stella.

Mondstrahl holte tief Luft. „Es war eben doch meine Schuld, dass du dich am Fuß verletzt hast, Stella“, gab er zu. „Ich habe dich an diesem Tag absichtlich in den Dornenwald geschickt, damit du nicht zum Training kommen würdest. Ich wollte wenigstens einmal richtig mitmachen. Und dann hast du dir wehgetan! Das tut mir so leid. Kannst du mir das verzeihen?“

Saphira und Sturmwind schnappten entsetzt nach Luft. Und auch Stella sah einen Augenblick verletzt aus. Doch dann seufzte sie und überraschte alle mit ihrer Antwort:

„Auch ich muss etwas gestehen“, begann sie.

Wolke blinzelte erstaunt. Das hatte sie nicht erwartet.

Stella schluckte. „Du hättest deine Eltern bestimmt fragen können, ob du nicht hierbleiben und statt des Staatsbesuches an den Auswahlrunden teilnehmen könntest“, erklärte sie. „Aber ich habe es so hingestellt, als ob du unbedingt gehen solltest – nur weil ich unbedingt im Team sein wollte. Und ich

wusste genau, dass ich keine Chance gehabt hätte, wenn du bei den Auswahlrunden mitgemacht hättest. Deswegen habe ich schon seit Tagen schreckliche Schuldgefühle. Ich bin wirklich froh, dass letztendlich doch du im Team bist und nicht ich. Deswegen verzeihe ich dir natürlich, Mondstrahl. Die Frage ist, ob du mir vergeben kannst?"

Mondstrahl sah sie verlegen an. „Aber selbstverständlich! Weißt du, Stella, der Platz im Team gehört immer noch dir. Ich will gar nicht mehr mitmachen."

„Aber es gibt noch einen Wettkampf, bevor Stella ihren Verband abnehmen kann", warf Saphira ein.

„Mondstrahl kann ja für mich einspringen, bis es mir wieder besser geht", schlug Stella vor.

„Das klingt doch fair", meinte Mondstrahl mit einem Lächeln.

„Dann sind wir alle wieder gut?“, fragte Sturmwind.

Stella und Mondstrahl nickten.

„Wenn mein Verband weg ist, fliegen wir zwei wieder um die Wette“, rief Stella. „Und dann besiege ich dich!“

„Das glaube ich nicht!“, antwortet Mondstrahl sofort.

Wolkes Herz klopfte freudig. Mondstrahl und Stella zankten schon wieder. Das bedeutete, alles war wie immer. Und mit den beiden im Team musste das Regenbogenhaus einfach gewinnen!

Leseprobe

Linda Chapman
Sternenschweif
„Geheimnisvolle Verwandlung“

„Wohin soll ich das stellen?“, fragte Laura ihre Mutter, während sie mit einem großen Karton in den Armen in die Küche stolperte.

Ihre Mutter kniete inmitten von Umzugskisten auf dem Boden. „Stell ihn einfach irgendwohin, wo Platz ist“, antwortete sie.

Laura ging zum Küchentisch hinüber und stellte den Karton darauf ab. Genau in diesem Moment kam Max, ihr jüngerer Bruder, hereingestürmt. Buddy, sein zehn Wochen alter Berner Sennenhund, folgte ihm dicht auf den Fersen.

Der Welpe schlitterte über den Küchenboden, um Mrs Foster zu begrüßen — und landete mitten in einem hohen Stapel Geschirr auf dem Boden, den sie gerade erst ausgepackt hatte. Ein paar Teller fielen mit einem lauten Klirren herunter.

„Oh nein, Buddy", stöhnte Mrs Foster.

„Er kann nichts dafür", verteidigte Max den kleinen Hund. Er lief zu Buddy hinüber und nahm das schwarz-braune Knäuel auf den Arm. „Er hat es einfach noch nicht raus, wie man bremst."

Mrs Foster lachte. „Warum geht ihr zwei nicht hinaus in den Garten?", schlug sie vor. „Da kannst du Buddy zeigen, wie man bremst."

Schnell liefen Max und Buddy in den sonnigen Aprilnachmittag hinaus.

„Pass auf, Max!", rief Mr Foster über den Flur.

Laura drehte sich um und sah, dass die beiden auf ihrem Weg nach draußen beinahe zwei Männer von der Umzugsfirma umgerannt hätten.

Mr Foster, Lauras Vater, beaufsichtigte die Männer, die die Sachen vom Möbelwagen hereintrugen.

„Was soll ich jetzt machen?“, fragte Laura ihren Vater.

„Achtung! Aus dem Weg!“, übertönte einer der Männer die Antwort ihres Vaters.

Laura trat zur Seite, als der Mann den Computer ihres Vaters hereintrug. Mr Foster raufte sich die Haare. „Vielleicht ist es das Beste, wenn du nach oben gehst und die Sachen in deinem Zimmer auspackst, Liebes?“ Ohne ihre Antwort abzuwarten, eilte er hinter dem Mann mit dem Computer her. „Bitte seien Sie vorsichtig! Das ist ein ganz besonders empfindliches Stück!“

Laura grinste. Es war bestimmt eine gute Idee, in ihr Zimmer zu verschwinden.

Seltsam, dass die Farm nun ihr neues Zuhause war. Während sie die Treppe hinaufging, dachte Laura an Sally und Anna, ihre beiden besten Freundinnen in der Stadt. Was sie wohl gerade machten? Vielleicht spielten sie „Auf dem Reiterhof“, oder sie aßen die leckere Pizza, die Annas Mutter so gerne machte. Laura fragte sich, ob die beiden sie wohl auch vermissten.

Sie fühlte sich ein bisschen einsam, als sie über den Flur zu dem Zimmer am Ende des Ganges ging und die weiß gestrichene Holztür öffnete. Ihr neues Zimmer war klein und hatte eine Dachschräge. Sonnenlicht fiel durch ein kleines Fenster herein.

Laura stieg über die aufeinandergestapelten Umzugskartons und Koffer und setzte sich auf die Bank vor dem Fenster. In Gedanken versunken schaute sie hinaus. In der Ferne ragten die Gipfel der Berge majestätisch in den Himmel, aber Lauras Blick streifte sie nur. Dann richtete er sich auf etwas viel Näheres: den kleinen Stall und die Koppel direkt hinter dem Haus. Bei diesem Anblick fühlte sich Laura nicht länger allein. Was machte es schon, wenn sie noch keine neuen Freunde hier draußen auf dem Land hatte. Morgen würde sie ihr erstes eigenes Pony bekommen!

Möchtest du wissen, wie es weitergeht?
Dann frag deinen Buchhändler nach:
Sternenschweif – Geheimnisvolle Verwandlung
ISBN: 978-3-440-09901-8

Sternenfohlen

Linda Chapman
Sturmwinds Geheimnis
ISBN 978-3-440-11599-2

Die Einhornschüler freuen sich schon auf ihren Schulausflug zum Traumsee, dem magischsten Ort in ganz Arkadia. Doch kurz nachdem sie dort angekommen sind, wird eine wertvolle Statue zerstört und ein goldener Schwan angegriffen. Sollte sich der Schuldige nicht melden, werden alle Schüler vorzeitig heimgeschickt. Das müssen Wolke und ihre Freunde verhindern. Doch welcher Schüler könnte so gemein sein?

Jeder Band €/D 6,95
Preisänderung vorbehalten

In der Einhornschule
978-3-440-11357-8

Der Einhornprinz
978-3-440-11358-5

Magische Freundschaft
978-3-440-11400-1

Saphiras großer Tag
978-3-440-11401-8

Bezaubernde Gefährten
978-3-440-11596-1

Wolke in Not
978-3-440-11597-8

Wirbel um Stella
978-3-440-11598-5

Ein zauberhaftes Team
978-3-440-11595-4

www.kosmos.de